LA AVENTURA DEL POST-IT

UNA BREVE NOVELA DE ROMANCE ACERCA DE UN AMOR PERDIDO Y VUELTO A ENCONTRAR

JUSTINE AVERY

PRIMERA EDICIÓN ESPAÑOLA

Pero ***por favor*... ¡presta este libro libremente!** Es *tuyo,* te pertenece. Así que pásalo, cámbialo, intercámbialo con y recomiéndalo a otros lectores. Los libros son el mejor regalo.

Este libro es un trabajo de ficción. Todos los personajes, nombres, lugares, eventos, negocios, incidentes y otros detalles contenidos en él son pura creación de la imaginación del autor o se usan de manera ficticia. Cualquier parecido con personas—vivas o muertas—lugares, eventos o ubicaciones son pura coincidencia, y no está previsto por el autor.

ISBN: 978-1-63882-000-0
ISBN: 978-1-948124-23-2 (ebook)
ISBN: 978-1-63882-001-7 (pasta dura)
ISBN: 978-1-948124-91-1 (audio libro)

AGRADECIMIENTOS

"Un libro fascinante con una dulce escritura... Muy recomendable."

— *The Wishing Shelf Book Awards*

"Una seductora historia de amor. Reconocerás todas las cosas torpes y vergonzosas que pensamos, decimos y hacemos, y que luego tratamos de encubrir desesperadamente… Mientras estamos en la búsqueda del amor… Y descubrimos que el amor era algo que pensábamos que nos hacía falta y deseábamos desesperadamente, pero que había sido nuestro todo ese tiempo."

— Loretta M. Siani, author of *Everyday Miracles: Nine Keys to Miraculous Living*

"Una historia corta muy dulce. Muchos golpes detrás de una poderosa moral en una cantidad tan pequeña de páginas. ... Sé cuál era el resultado que esperaba y mi deseo se volvió realidad"

— Brit Rossie, *Readers' Favorite*

Capítulo 1

¿Qué es exactamente el amor? ¿Son las palabras que se dicen en voz alta? ¿Los pensamientos compartidos o, tal vez, aquellos que guardas para ti? ¿Las actividades que haces con alguien o el tiempo que comparten juntos? ¿Son aquellas cosas que vives: las dificultades, las alegrías, los altibajos? ¿O, es solo tu imaginación?

No puedes ver el amor. No puedes tocarlo. Y, algunas veces, solo desaparece por completo, fuera de tu alcance; y entonces, se ha ido, así tan rápida y sorprendentemente como llegó por primera vez.

Si el amor es realmente todo lo que está en nuestras mentes, ¿por qué lo extrañamos tanto cuando se va? ¿Por qué se siente como esa manta favorita, cálida y mullida, en la que nos gusta estar envueltos tanto tiempo como sea posible; y luego nos sentimos tan inseguros y vulnerables—completamente solos—cuando ya no estamos atrapados en ella?

Extraño mi manta. Tal vez es por eso que un pequeño papel cuadrado de color amarillo alegre me *afectó* tanto. Algo realmente embarazoso, en realidad, si no fuera por lo deliciosamente maravilloso que fue encontrar esa pequeña sorpresa y sentirme *emocionada* nuevamente. Aunque fuera solo por un momento.

Tomaré esos momentos. Por favor, por favor dame más.

❧

No sé qué era lo que pensaba que sería el matrimonio. Espera, por supuesto, lo sé y lo admito. Me enamoré completamente del "felices para siempre", al igual que me enamoré de Stephen. Fue muy fácil, inclusive ensoñador.

Fuimos novios en la secundaria, luego en la universidad y finalmente nos casamos. Tenía mucho sentido y yo no podía imaginarme la vida de otra manera o con alguien más. Somos tan *compatibles* (lo sé, no suena muy interesante, pero es agradablemente cómodo).

Solo *funcionamos*. Tal vez porque somos de la misma ciudad, los miembros de nuestras familias y amigos nos conocen a ambos; crecimos juntos, o hemos llegado a conocernos y entendernos realmente el uno al otro con los años.

Pero, tal vez es por eso que se ha vuelto, bueno, *aburrido*. Vivir con Stephen es como tener una excelente mascota. ¿Acaso acabo de *pensar* eso? Él es todo lo que podrías desear de un compañero. Tiene esos grandes ojos de cachorrito, es lindo, amistoso, divertido, lleno de energía, sabe escuchar y me adora por completo. Pero hay cosas que, simplemente, él no me puede ofrecer.

Sabes a lo que me refiero. ¿Dónde están el entusiasmo, la emoción, los fuegos artificiales, el romance? ¿Alguna vez los tuvimos o solo estábamos en ese deslumbramiento juvenil o éramos demasiado tímidos o estábamos asustados o lo que sea, y no podíamos verlos?

Algo es seguro: mi esposo no lo *hace* por mí. Ya no. Lo

amo, pero esa antigua llama chispeante se extinguió hace rato. Y yo, ya dejé de intentar revivirla. ¿Cuántas veces puede una mujer intentar explicarlo todo con lujo de detalles, haciéndose vulnerable y, prácticamente, escribir *instrucciones* de cómo desea ser tratada, cortejada, amada, antes de empezar a sentirse patética por la necesidad de hacerlo?

Y Stephen lo intenta. Tengo que darle crédito por eso. Se preocupa, es obvio. Y solo admitir que quiero *más* me hace sentir completamente culpable. No soy desagradecida. Solo que no estoy lista para renunciar a sentirme real y verdaderamente *deseada*. No estoy lista para renunciar a mi derecho de estremecerme, emocionarme y sentir mariposas. Y a pesar de todas las grandes cualidades de mi esposo, su confiabilidad y verdadero amor por mí, Stephen simplemente no puede darme todo el paquete.

Yo quiero el paquete completo: la hermosa caja con el gran lazo rojo *y*, dentro de ella, esa cosa chispeante y brillante.

Entonces, ¿qué tiene que ver eso con un tonto pedazo de papel amarillo pálido? Bueno, te lo diré. Eso, que de otra forma sería poco llamativo y completamente insignificante, ese post-it de borde pegajoso que encontré rebuscando en las profundidades de mi bolso una mañana acelerada, *me alegró el día.*

No tenía ni idea del profundo efecto que iba a tener en toda mi vida.

Capítulo 2

Fue un lunes, otro horrible lunes. Se me hizo tarde para llegar al trabajo, después de habérseme hecho tarde para salir de la casa, y tarde para alcanzar la I-465. Se me hizo tarde para ir por mi café matutino, tarde para estar en mi escritorio y demasiado tarde como para hacer que pareciera que en realidad había llegado a la oficina a tiempo.

Esculqué en mi bolso, por quién sabe qué, cuando las yemas de mis dedos tocaron lo que pensé que era un pedazo de basura, un papelito arrugado que no pertenecía a mi bolso en lo absoluto. Eso me hizo enojar, como *todo* lo hacía en aquellos días que empezaban como aquel lunes.

Lo saqué, lo hice una bola y estaba a punto de tirarlo a la papelera, en el extremo más alejado de mi escritorio, cuando me detuve por un momento y mi cerebro finalmente se activó. *¿Por qué habría algo en mi bolso que* yo *no había puesto ahí?*

En esos dos segundos, fui de verdad razonable. Y mi vida cambió en un abrir y cerrar de ojos.

Desarrugué el papel y me di cuenta de que había algo

garabateado: una nota escrita a mano, solo un par de palabras, en letras remarcadas.

¡TÚ, ERES GENIAL!

Eso fue todo. Nada más. Pero suficiente.

¿Fue la palabra "genial" o "tú" que me hizo sentir que la nota realmente era para mí, como un cumplido? ¿O fue el efecto directo del signo de exclamación en sí? Alguien eligió utilizar ese signo de exclamación. Alguien verdaderamente quería decir lo que él o ella escribió.

Pero no podía ser para mí. Mi nombre no estaba escrito. No estaba firmada ni nada. Podía ser una broma. O un pedazo de papel desechado que accidentalmente había sido tragado por mi bolso: la metralla de guerra con bolitas de papel sobre las paredes de los cubículos. Y eso pudo haber sido hace días o incluso semanas.

Miré por encima de la pared de enfrente de mi cubículo e intenté recordar algún incidente que pudiera haber hecho que cayera un pequeño trozo de papel en mi bolso. Entonces, me di cuenta de cuánto tiempo llevaba perdido dejando que mi mente vagara, como si el pequeño post-it fuera el centro del mayor misterio sin resolver del mundo. Así que me reprendí a mí misma por agregarle estrés a mi mañana de lunes y tiré el papel a la basura.

Cinco minutos más tarde, lo volví a sacar y lo fijé en la pared del cubículo, justo encima del monitor de mi computador.

Ahí estuvo, todo el día. Ese gran y resaltado "GENIAL" me miró directamente, exigiendo mi atención sin importar lo que estuviera pasando a mi alrededor. Si uno de mis compañeros de trabajo murmuraba algo y yo pensaba que estaba dirigido a mí, ese "GENIAL" lo borraba de mi mente así de rápido. Si me preguntaba si tenía algún amigo verdadero en la oficina, ese "tú" me hizo sentir como si alguien me estuviera prestando atención y reconociera que existo, que yo era alguien a quien valía la pena escribir. Y ese profundo signo de exclamación—tan tonto como se ve—me puso una sonrisa en la cara muchas veces durante el día. La nota era como un pequeño amigo secreto que me susurraba y me empujaba descaradamente a animarme, exigiéndolo.

Y ni siquiera sé si esa nota del post-it era realmente para mí.

Esa tarde, prácticamente planeé por la oficina como si no me importara el mundo. En lugar de concentrarme en todas esas caras molestas, reuniones sin sentido y tareas agotadoras, la única cosa que tenía en mi mente era esa pequeña nota de color amarillo alegre.

El largo viaje a casa parecía pasar volando, y cuando crucé la puerta espontáneamente le sonreí a Stephen. Sin ninguna razón en particular, excepto que me sentía diferente, más feliz. Y él me devolvió la sonrisa. Sin dudarlo, solo esa mueca infantil que solía hacerme enrojecer cuando era una adolescente e incluso en nuestros años de luna de miel. Y no me molestó para nada.

Traje montones de trabajo a casa conmigo, pero eso tampoco me molestó. Solo me sentía—completamente y sin lugar a dudas—bueno, *genial.*

Solo porque una pequeña nota casual me lo ordenó.

Y, probablemente, no era para mí. ¿Cómo podría serlo? ¿Quién en el mundo se molestaría? Pasar notas es un pasatiempo escolar para los chicos. Las novias son ideales para levantar el ánimo, pero solo lo dicen en voz alta. Los compañeros de trabajo no suelen ser tan considerados. Y, en lo que tiene que ver con el clima de la oficina, la administración ciertamente no ha adoptado un esquema para elevar la moral en el lugar de trabajo que involucre garabatear animadas frases de positivismo.

Para quien quiera que haya sido, era mía ahora: mi propio recordatorio personal de que hay sorpresas en el mundo y nunca sabes cuándo o dónde las encontrarás. Eso era suficiente para mí; era lo más divertido que me había pasado en mucho tiempo.

Capítulo 3

A la mañana siguiente, aún me sentía diferente, aunque no recordaba por qué. No estaba tan malhumorada cuando la alarma me arrancó de un gran sueño, y me detuve para inclinarme y darle un rápido beso en la mejilla a un adormilado Stephen antes de salir de la cama. Se ve tan joven y dulce cuando está dormido: la misma cara del chico del que me enamoré. Sin importar lo que sucedió, lo que nos desmoralizó o lo que nos confrontó en nuestra vida compartida o qué clase de día tuve o del humor con el que me hubiera levantado, Stephen siempre estuvo allí, durmiendo profundamente, recordándome que todo estaría bien. Si nada más—si nuestro matrimonio no fuera más que esto—por lo menos yo tenía un amigo en el mundo, una persona que siempre estaría a mi lado.

Algunos días, eso era suficiente. La mayoría de los días, no podía evitar el hambre de más. ¿Realmente debería estar avergonzada de eso?

Esa mañana, me sentí como si estuviera haciendo un pequeño esfuerzo adicional. Me tomé el tiempo para darme unos pocos toques extras de maquillaje. Me molesté en escoger un conjunto para el trabajo que me hiciera sentir un poco más equilibrada, un poco más a la moda, un poco más femenina. Después de todo, me levanté la primera vez que sonó la alarma. Quizás olvidé, momentáneamente, que había un botón de repetición para dormitar un poco más.

Entré en el trabajo orgullosa de haber llegado a tiempo. Por supuesto, nadie pareció notarlo. Ni siquiera conseguí un premio por eso. Debería haber premios por eso.

Dejé caer el bolso en mi escritorio, saqué algunas cosas que necesitaba para empezar el día y me deslicé en mi silla giratoria. Noté el post-it inmediatamente—exactamente donde lo había dejado el día anterior—y me hizo sonreír de nuevo.

Y en realidad me sentía genial. Me podría acostumbrar a eso.

Decidí que debía empezar el día con un recreo. Podría prepararme una taza de café en la sala de descanso, explorar los menús para llevar y esperar al almuerzo. ¿Por qué no?

Estaba mirando fijamente la masa marrón, adherida al filtro en la parte superior de la máquina de café, cuando me sorprendió la voz de un hombre, y casi me golpeo la cabeza con un gabinete. "¿Necesitas ayuda con eso?"

Me di la vuelta, lista para decir algo brusco que cubriera mi vergüenza, cuando un par de agudos ojos azules llamaron mi atención. Mi boca podría incluso estar abierta, lista para hablar, si no hubiera sido por el hecho que todos mis pensamientos se borraron instantáneamente de mi mente.

Él se quedó ahí, con aquellos intensos ojos mirándome fijamente y con una leve sonrisa en su cara. No lo había visto antes en mi vida. Y realmente lo lamenté.

"Me preguntaba... si querías algo de ayuda... con la máquina de café". Su sucio cabello rubio era lo suficientemente largo como para rozar sus orejas y el cuello de su camisa en la parte de atrás. Esa camisa le quedaba muy bien, y las delgadas rayas grises se veían increíbles como telón de fondo para sus ojos azules como el océano. "Soy... Josh", dijo, extendiendo su mano.

Mis modales se activaron inmediatamente para salvarme, provocando que mis reflejos levantaran mi propia mano para estrechar la suya. Su apretón fue cálido y firme, pero no demasiado fuerte ni llamativo. Me agradó inmediatamente.

Mi sonrisa afloró sin pensarlo; esperaba que no hubiera sido demasiado cálida o extraña. "Encantada de conocerte, Josh. Soy Emily. Y... estoy bien con la máquina de café, gracias. Es solo... asqueroso".

Soltó una risita: una especie de risa cálida y sencilla. Quería reírme de la misma manera.

Ojos azules Josh se paró cerca de mí y la temperatura de mi cuerpo, literalmente, aumentó unos cuantos grados. No pude confirmar si esa mañana había utilizado el antitranspirante (de repente, esa fue mi mayor preocupación en el mundo).

"Déjame tomarlo", dijo Josh, sus ojos se enfocaron en la máquina de café que estaba detrás de mí. Hazte cargo—*quítate*—mi mente vagaba incontrolablemente. "Necesito ganarme mi sustento aquí", dijo, agregando más a mi incomodidad intensa y no premeditada.

Cuando habló de nuevo, me di cuenta de que no me había quitado de su camino. "Lo siento. ¿Estoy siendo muy confianzudo?".

Me quedé ahí como una tonta; agarré el mostrador de la sala de descanso como si fuera lo único que me separaba de una caída fatal desde el techo de un gran edificio. Y me dolió la cara. Por alguna razón que solo Dios sabe, me encorvé tanto que debió parecer que estaba sufriendo de un dolor agudo.

"No. Yo...". Solté el mostrador y me aparté de su camino. "Lo siento. Distraída. Mucho trabajo. Ya sabes". Apreté una sonrisa en mi cara tensa.

"¿Te hacen trabajar tan duro aquí? Gracias por la advertencia". Mostró nuevamente su sonrisa, la sonrisa más llena de confianza que jamás haya visto. Una parte de mí deseaba secretamente que dejara de sonreír, que dejara de hacer que mi piel se sintiera tan caliente. La otra parte se atrevía, *hazlo de nuevo.*

Observé sus manos afinar la máquina de café, limpiar ágilmente el depósito y prestar atención a los detalles como nunca había visto a un hombre hacerlo. Cuando me dio la espalda me di cuenta del ajuste perfecto de sus pantalones. Alcancé una taza de café para fingir que estaba haciendo algo más, cualquier cosa, menos darme cuenta de lo atractivo que era. Mi anillo de bodas, que usualmente apenas si notaba, que se había convertido en parte de mi propio cuerpo—mi propia identidad—de repente se hizo muy *pesado.*

"¿Así que... eres nuevo aquí?", pregunté en un acto desesperado por esconder cualquier cosa que estuviera sintiendo en ese momento.

Josh se dio la vuelta para mirarme. Noté que su camisa de vestir se tensaba a través de sus musculosos hombros mientras se retorcía en la cintura. "Te diste cuenta", dijo con un brillo en sus ojos.

¿Por qué todo lo que salía de su boca sonaba como que me estaba coqueteando? Ni siquiera podía disfrutar el momento, escasamente podía permitirme el volver a sentirme una mujer atractiva, porque cada segundo en la sala de descanso solo señalaba cuán severamente privada estaba, lo apagado que estaba mi matrimonio. ¿Por qué las palabras y cumplidos de mi marido no hacían que mi piel se erizara de esa manera?

"Ajá, soy el chico nuevo. Mercadeo", dijo Josh. "¿Y tú?".

"Ventas", me las arreglé para contestar en el tiempo socialmente esperado.

"Oh, seguramente nos veremos más a menudo por ahí".

Mi piel estalló en llamas. Me llevé la taza de café a los labios, la incliné, y pretendí tomar un sorbo—y tragar—ya que recordé que no había nada en ella.

"Bien, es mejor retirarse ahora. Esta vez, esa bebida debería estar mejor. Posiblemente la mejor que esta oficina jamás haya tenido".

"Probablemente", intenté decir de manera casual.

"¿Deseas la primera prueba?".

Asentí lentamente, sosteniendo la taza como si mi vida dependiera de ello, extrañando la seguridad del mostrador.

"¿Me lo das?", preguntó.

¿Mi admiración? ¿Mi eterna devoción? ¿Mi virtud? ¿Mi fidelidad?

"La taza de café", dijo.

Despertándome de mi sueño, prácticamente empujé la taza hacia él. Los labios de Josh se separaron para decir algo, pero se limitó a sonreír y se dio la vuelta para servir la primera taza de café.

Aproveché esa oportunidad para empezar a respirar de nuevo, prácticamente jadeando mientras que él estaba de espaldas, y rápidamente volví a cerrar mi boca cuando me entregó el café recién hecho. Olía maravilloso.

"¿Cómo lo tomas?". Su voz era tan fuerte y dominante.

Oré para que no pudiera escuchar los pensamientos que pasaban por mi mente.

"¿Leche? ¿Azúcar?", preguntó.

Negué con la cabeza.

"¿Solo así?" en realidad parecía impresionado. "Excelente. Yo también".

Creo que sonreí. Mi cara se sentía tensa. Simplemente no podía hablar. No podía pensar.

¿Fui solo yo o ambos sentimos la tensión eléctrica en el aire? Casi podía escucharla, como el zumbido de la estática golpeando en mis tímpanos.

"Bueno, será mejor que regrese a mi escritorio. Fue un placer hacer café contigo", dijo Josh, y parecía que lo decía en serio.

"Gracias", me las arreglé para hablar normalmente. "Espero que... te guste aquí", agregué, solo para asegurarme de que se marchara con la impresión de que yo era inexplicablemente extraña.

Entonces, él soltó nuevamente una risita y sentí que cada músculo de mi cuerpo se relajaba. Solo un poco. Quería vivir en el mundo de Josh, donde, probablemente, él se levantaba luciendo perfecto, enfrentaba la vida con absoluta confianza, parecía ver la jornada laboral libre de estrés y llena de maravillas, y reía y sonreía fácilmente.

"Ya lo hago", contestó y pasó a mi lado, mirándome fijamente a los ojos. Y con el más leve, el más casual y cuestionable roce de su manga contra la mía. Sentí que la tela de mi blusa rozaba mi brazo como si fuera la propia piel de Josh. Fue tan increíblemente gratificante que finalmente se fuera para poder derretirme tranquila.

"Oh, Emily...", mencionó justo cuando salía de la sala de descanso.

"¿Dime?", respondí demasiado ansiosa, mientras que giraba sobre mis altos tacones.

"Por cierto, luces... *genial*", dijo con ese cierto tipo de sonrisa que nunca olvidaré, y se desvaneció por el pasillo.

Tropecé, la superficie de mi café se balanceó peligrosamente cerca del borde de la taza, y no puedo decir que el resto del día me pareciera en algo a mi yo normal.

Intenté quedarme en mi cubículo todo el día para esconderme de cualquier posibilidad de un encuentro casual con el que, simplemente, no tendría la cordura de lidiar, pero también revoloteaba con una nueva energía. Aún no podía sentarme, me sentía viva. Por primera vez en mucho tiempo.

Pasé por ráfagas de trabajo agitado e importante eficiencia entre ataques de vértigo, excitación infantil y ojeadas, por supuesto, a mi amado post-it colgado frente a mí. Disfruté la coincidencia de la elección de palabras de Josh en su cumplido, mientras reconocía que había *sido* solo una coincidencia. Después de todo, si no lo era, no había duda alguna en mi mente de que yo *no* sería capaz de manejarlo. No ese mismo día. Probablemente nunca.

Entonces apareció la oportunidad de probármelo a mí misma.

Estaba mirando atentamente en mi computador el documento de estrategia de ventas para el nuevo trimestre fiscal, cuando una voz muy familiar habló por encima de la pared de mi cubículo. Esa voz era, tal vez, más reconocible que la de mi propio esposo, debido a que había estado repitiéndola en mi mente cada diez minutos desde el café matutino.

"Entonces, es aquí donde te escondes", dijo. Y de repente, la pequeña escena recurrente en mi cabeza, que casi parecía solo una fantasía, continuó.

Giré en mi silla lo suficiente como para mirarlo. Los ojos de Josh eran más llamativos de lo que mi mente recordaba.

"Hola", dije, manejando milagrosamente una sonrisa calma, amistosa.

"Hola de nuevo. ¿Cómo estuvo tu café?".

"Oh, bien, gracias. Definitivamente, el mejor que jamás haya habido en esta oficina".

"¡Excelente! Entonces, tal vez, ellos me mantengan por aquí un tiempo".

"Eso espero", dije demasiado rápido y justo antes de abofetearme mentalmente.

Su mirada clavada en mí, comenzó a calentar mi piel otra vez. Y esa increíble sonrisa dejó ver lentamente sus hoyuelos.

No hizo ni una broma de mi respuesta, a pesar de que lo rogué. No menospreciaba en absoluto mi confesión; por el contrario, la preservó. Hizo que fuera nuestro pequeño secreto, sellándolo con un "yo también".

Me sonrojé. Lo sentí correr por mis mejillas. Mi atuendo —mi *nuevo atuendo favorito*—se sentía agonizantemente apretado. Me moví en mi silla, crucé las piernas más rígidamente, miré hacia abajo a la sucia alfombra gris como una tímida colegiala.

"Bueno, me alegra haberte encontrado", dijo en un tono que sonaba menos suspicaz para cualquier espía. "Tú eres la única que me ha dicho una palabra. Además del jefe. Y las chicas de Recursos Humanos. Y el chico de la oficina que está al lado de la mía. Oh, y la señora de la limpieza. Ella entró accidentalmente cuando yo estaba en el baño. Creo que soy... demasiado reservado".

Me reí. Demasiado alto. Lo utilicé para disimular mi necesidad de respirar.

"Será mejor que regrese", dijo y me sentí un poco triste. "Pero, ten cuidado. Ya sé dónde estás". Me sonrió, retiró las manos de la parte superior de mi cubículo y se fue silenciosamente.

Pasaron cinco minutos completos antes de darme cuenta de que tenía la vista clavada en la parte superior de mi escritorio. No me había movido desde que se fue Josh. Mi garganta estaba seca. Ni siquiera recordaba qué había estado soñando despierta. Pero lo podía adivinar.

Giré mi silla lentamente y alcancé mi bolso, que estaba encima del escritorio. Busqué una botella de agua y la bebí casi hasta la mitad. Cuando la puse suavemente sobre el contenido de mi bolso, mi uña se enredó con el borde de un pedazo de papel.

Miré alrededor; nadie miraba hacia mí. Me sentí como si me estuvieran dando un regalo verdaderamente especial, destinado exclusivamente para mí y aún no lo había visto.

La sorpresa en mi bolso, meticulosamente colocada allí por la mano de alguien más, esta vez era de un azul pálido y estaba cuidadosamente doblada: un post-it sellado en su lado pegajoso, insinuando la necesidad de guardar el secreto. Mi pulso se aceleró, la anticipación hizo que cualquier cosa que hubiera a mi alrededor se desvaneciera y recordé lo excitante que era, de niña, pasar notas en clase a espaldas del profesor, especialmente el regreso de una en la que se podía leer "¿Te gusto? Marca 'Sí' o 'No'".

Así es exactamente como me sentía. Pude no haber abierto la discreta nota nunca—pude haber sido feliz con solo saborear la anticipación en sí—pero no podía dejar pasar la oportunidad de tener más. Encontré únicamente cuatro pequeñas palabras, anotadas rápidamente en letras mayúsculas:

ME ENCANTA
TU SONRISA

Tinta negra en un mullido papel, azul, bonita y llena de mucho afecto. Por lo menos, de eso me convencí a mí misma.

Esta vez no había duda en mi mente de que la nota estaba dirigida a mí. Mi bolso no podía ser un recipiente accidental en el que alguien descartara mensajes *dos veces*. Y tú sabes quién estuvo en mi escritorio, su hermosa cara flotando sobre mi bolso. Y él creía que lucía *genial*. Lo dijo. Él dijo *esa* palabra.

Pero no fue Josh en lo que me centré mientras estudiaba la nota que tenía en mis manos. Estaba conmovida por la elección de las palabras.

Esta nota era mucho más personal, empezaba con "Me". Haber mencionado mi sonrisa, bueno, eso era muy íntimo, halagador, estremecedor. Y la palabra "encanta" garabateada por la mano de alguien más, eso cambiaba las cosas. Eso ya era de las grandes ligas.

Esto era un coqueteo en pleno: un cumplido muy íntimo entregado de una manera muy privada. No tenía idea de qué hacer, *si* debía hacer o decir algo. ¿Se suponía que debía escribir de vuelta?

No, no quería arruinarlo. No quería complicarlo. La vida ya era lo suficientemente complicada. Lo que quería—lo que realmente anhelaba—era lo dulce y sencillo. Yo solo quería sentirme *bien*. Solo quería esa emoción del descubrimiento, la posibilidad de que la *atención* de alguien durara para siempre. Justo así.

En casa por la noche, prácticamente corrí a los brazos de Stephen. Me sentía tan *culpable*. Enterré mi cara en la curva de su cuello, queriendo reafirmarle— ¿y a mí misma? —que no había hecho nada malo y también necesitando sentir esa estabilidad. Había estado prácticamente revoloteando todo el día en el trabajo desde el encuentro en la sala de descanso; necesitaba saber que el resto de mi vida—mi verdadera vida—aún estaba esperando ahí por mí, que no había dado un paso en falso o había cruzado la línea. Abracé a mi esposo para que me permitiera sentirme bien conmigo misma, para permitirme disfrutar de la atención que me hacía sentir otra vez como una mujer.

Incluso si no venía de Stephen.

Capítulo 4

Camino al trabajo al día siguiente, cabalgué en una montaña rusa de emociones, como si estuviera viviendo en mi cabeza una película dramática llena de llanto. Busqué con la esperanza de haber recibido una nueva nota secreta; me castigué a mí misma por querer una. Me puse a adivinar lo que mi admirador podría escribir en la siguiente; me preocupaba acerca de lo que significaría o qué expectativas podría tener. Me volví absolutamente loca. Solo una cosa era realmente clara. La vida era *interesante* otra vez.

Y una vez que sobreviví a un nuevo día en la oficina sin que pequeñas sorpresas espontáneas se aparecieran en mi bolso o en cualquier otra parte, me maldije por haber leído tanto en ellas, en primer lugar, por desearlas tan desesperadamente, por permitirles significar tanto para mí. Solo eran cumplidos, solo pequeñas y sencillas palabras—notas, palabras en un pedazo de papel barato—y yo era una pequeña niña tonta.

"¿Cómo estuvo tu día?" preguntó Stephen inocentemente, genuinamente, mientras se quitaba su traje, cuando entré en la habitación después de otro emotivo día.

Él no tenía idea de lo que había estado viviendo, de lo que se me había lanzado encima repentinamente esa semana ni de todas las preguntas con las que me había estado torturando, pero sabía que él podía leer la preocupación tras mi mirada. Sé que le importaba.

Stephen esperó a que le contestara. Si no lo hacía, preguntaría nuevamente, asumiendo que no lo había escuchado la primera vez. Caminó hacia el lado de su armario, cuidadosamente colgó el pantalón de su traje en la percha mientras estaba parado ahí, solo con su camisa, su ropa interior y esas medias que le llegaban hasta arriba de las pantorrillas. Debo haber estado mirándolo fijamente cuando me repitió la pregunta.

"Emily... ¿todo bien en el trabajo hoy?".

"Ajá", murmuré inclinando la cabeza, enfocada aún en el espacio de la alfombra donde él había estado parado.

Stephen se sentó en la cama, a mi lado. Ni siquiera recuerdo haberme sentado.

"¿Qué pasa? ¿Alguna horrible historia que desees compartir? Soy todo oídos".

Él no lo podía saber, pero cada vez que decía esa frase, instantáneamente pensaba en sus orejas. Eran orejas finas, pero las orejas son algo gracioso. Lo siguiente que supe era que estaba pensando en orejas, no en problemas, y Stephen lo había hecho de nuevo: ejerció su magia tranquilizante sobre mí.

"¿Estás sonriendo?", me preguntó mostrando una de sus sonrisas. "Bien, eso estuvo fácil. ¿Quieres que yo haga la cena esta noche?".

Miré a mi esposo, sentado ahí en sus calzoncillos sin preocupación alguna—excepto por mi propia felicidad—y me pregunté cuál era su secreto. ¿Qué lo mantenía tan feliz y tranquilo todo el tiempo? ¿Por qué estaba tan dichosamente enamorado de alguien tan egoísta que quería más?

"Vamos. Te haré una taza caliente de mi té especial", dijo, estrechando gentilmente mi mano y caminando fuera de la habitación, sin sus pantalones.

Me esforcé por devolverme a mi propia y cómoda vida: libre de sorpresas, buenas o malas.

Capítulo 5

Cuando la nueva semana empezó, me había convencido a mí misma de que no me importaban aquellas pequeñas notas. Que no iba a haber una tercera. No volví a mirar la segunda nuevamente; estaba cansada de pensar acerca de eso o de preguntarme qué significaban, y me odié a mí misma por preocuparme tanto de todos modos.

El primer post-it todavía se aferraba a la pared de mi cubículo. Me gustaba. Me gustaba el papelito amarillo alegre, un poco comercial, pero alegre. Me gustaba sentirme genial, aún si solo fingía basarme en que alguien más pensaba en mí por un momento.

Y no había visto el más mínimo destello de Josh por días, no tanto como un cruce casual de caminos o cualquier señal de una jarra de café bien hecha. Por supuesto, estaba enojada conmigo misma por preocuparme, pero esos grandes ojos azules, esa sonrisa energizante, me *hicieron* algo. ¿Estaba tan mal que me gustara ese sentimiento?

Decidí que necesitaba un cambio. Algunas veces, eso es

todo lo que necesitas: irte de compras o un nuevo pasatiempo. Opté por un nuevo corte de cabello.

Por un capricho, me invité a mí misma a una hora extra de almuerzo y le hice una visita a mi estilista. Regresé a la oficina con una nueva energía y esa maravillosa sensación de haberme ido a un prolongado almuerzo sin permiso.

No le hice nada drástico a mi apariencia habitual de poco mantenimiento, no era mi estilo. Solo una recortada y un poco de estilo extra para animarme. No creí que nadie lo notara; no se suponía que ellos notaran que me había tomado el tiempo para hacer algo más que ir por comida rápida.

De regreso al trabajo, insertando apresuradamente fórmulas en una hoja de Excel, creí escuchar un toque detrás de mí. Cuando giré en mi silla, Josh estaba parado en la entrada de mi cubículo.

Su traje gris pálido le ajustaba perfectamente, mostrando la forma de un hombre concentrado, obviamente, en mantenerse en forma. La corbata de seda azul combinaba con sus ojos en lugar de contrastar. *Una mujer debe vestirlo.* El pensamiento me hizo fruncir el ceño tan pronto como apareció.

"Le hiciste algo a tu cabello", dijo, como si fuera descaradamente evidente.

"Hm, ajá... sip. ¿Cómo te...?". Realmente quería saber *dónde* había estado. Y si habría más notas.

"Atrapa la luz de manera diferente", dijo, pareciendo ponderar el fenómeno incluso mientras hablaba. "Lindo".

"Gracias".

"¿Creerías que...?", empezó a decir, apoyándose en la pared del cubículo. "¿Que me enviaron fuera de la oficina a otro sitio para orientación? Algo acerca de la gran sala de reuniones siendo reparada. Estuve atrapado en una habitación alquilada con extraños por ¡tres días enteros! No creí que hubiera tanto en lo que necesitara ser *orientado*, pero aparentemente, aquí hay *demasiadas* reglas".

"Sip, eso creo. Me preguntaba...". Me detuve. Ser el destinatario incidental de esas notas dotadas de regalo era una cosa, admitir activamente que me gustaba tenerlo cerca era otra, siendo una mujer casada.

"¿Te preguntabas qué?" preguntó, inclinando la cabeza hacia un lado.

"Cómo habías estado. Siendo nuevo y todo eso".

"Estupendo. Bueno, ahora que estoy de vuelta en la oficina alrededor de...las personas que me gustan".

Nos miramos fijamente el uno al otro por un momento; debimos hacerlo. Y una vez más, me rescató de una total vergüenza y torpeza con una excusa para irse, preservando perfectamente otro momento compartido.

Y, oh, cómo me acordé de ese momento durante el resto de la tarde. Incluso alcancé a ver otro destello de Josh antes de irme ese día, lo pillé mirando sobre las paredes a medida que entraba a un cubículo cercano, y su sonrisa, la sonrisa que me hacía crepitar por dentro.

De nuevo en casa, me deleité sintiendo que había algo—alguien—divertido en la oficina a quien anhelar. Debí haber estado sonriendo durante la cena, porque Stephen me reclamó.

"¿En qué estás pensando?".

"Nada. Solo cosas del trabajo".

"¿Algo gracioso?".

"No".

"Ok".

Podría decir que estaba decepcionado por no haber podido sacarme más, pero no había nada que valiera la pena contarle, nada que le interesara.

Antes de meterme a la cama esa noche con Stephen, me eché un vistazo en el espejo del tocador. Me encantó la sutileza de mi nuevo corte, la forma en que los mechones más cortos de cabello acentuaban mis ojos. Entonces me pregunté por qué Stephen no me había dicho una palabra al respecto. Nunca había sido tímido con los cumplidos.

Me deslicé bajo los cobertores y me senté contra la cabecera de la cama, mirando a mi esposo terminar la página que estaba leyendo.

"Puedo sentir tu mirada sobre mí", dijo. "Cavando agujeros en la parte posterior de mi cabeza".

"No es cierto".

"Sí, lo es. Tengo un sexto sentido. Especialmente cuando se trata de ti".

No, pensé. *Tú no lo sabes todo.*

Stephen cerró su libro y se volteó hacia mí. "¿Qué pasa?".

"Nada".

"¿Ok, así que quieres jugar un juego? Déjame ver... ¿encontraste mis medias sucias fuera de la canasta de la lavandería en lugar de *dentro* de ella?".

"¡No!". Lo dije casi gritando, esperando que mi defensiva no fuera tan obvia.

"¿Deseas que lleve tu carro mañana a llenarlo por ti?".

"Eso sería lindo... pero no".

"Me rindo".

"Generalmente eres mejor en este juego".

"Así que *es* un juego, ¡lo admites!". Algo acerca de lo orgulloso que estaba de sí mismo me molestó demasiado.

"Ese no es el punto".

"Entonces, ¿cuál es el punto?". No estaba molesto, nunca se molestaba. Sin importar cuántas veces lo hubiera intentado durante nuestra relación—lo admito—nunca pude hacerlo enojar, hacerlo estar tan molesto como yo lo estuve en algún momento.

“El punto *es*... me hice cortar el cabello hoy y *tú* ¡ni siquiera lo notaste!”.

“Oh, eso”.

“¡Sí!”. Ni siquiera sé por qué grité la palabra.

“Se ve bien. Por supuesto”.

“¡Ni siquiera lo habías notado!”.

“Claro que lo noté”.

“Bueno, ¿por qué no dijiste nada?”.

“Lo acabo de hacer”.

“¡Oh, Stephen!”. Me di la vuelta, dándole la espalda.

“Te amo y todavía te amaré en la mañana”, dijo, sin ninguna malicia en su voz. Apagó la lámpara de la mesita de noche, permitiéndome rabiar en la oscuridad.

Capítulo 6

Realmente tenía ganas de llegar a la oficina al día siguiente, aunque no quisiera admitirme a mí misma el por qué. Caminé algo altiva, mi cabello revitalizado era un reflejo perfecto de mi nueva expectativa acerca de lo que cada día podría traer consigo y, a zancadas, llegué a mi escritorio lista para volar a través de las tareas en mi agenda.

Antes de poder sentarme y acomodarme, había algo que debía saber: ¿a qué sabía el café esta mañana?

Lo admito. Lucía radiante mientras regresaba a mi escritorio y tomaba a sorbos mi energizante taza del mejor café. Tan feliz como si hubiera sido el mismo Josh el que me la hubiera entregado en persona.

Ni siquiera estaba pensando en las notas de post-it y las posibles sorpresas, pero ahí estaba, flotando justo encima del contenido de mi bolso, que había dejado abierto, pero en el que no había podido revisar antes: una nueva nota. Una rosada.

NO TIENES

QUE CAMBIAR
NADA.
ERES PERFECTA
TAL Y COMO
ERES.

Inclusive ahora, es difícil describir cómo me afectaron esas notas escritas a mano. Eran *solo palabras*, pero que significaban mucho. Insinuaban mucho. Me hacían sentir como si yo fuera la única mujer en el planeta, como si toda la atención estuviera puesta en mí, como si yo fuera el centro del universo. Me sentí *contenta*, como si ya no hubiera necesidad de preocuparme o escandalizarme o esforzarme. Como si finalmente fuera comprendida, apreciada.

Fue increíble. Solo palabras, pero increíble.

Aún con la pálida nota pegada en mis dedos, me di cuenta de que me estaba *enamorando.* Enamorándome profundamente del escritor—del *corazón*—detrás de las notas.

Aquellos mensajes silenciosos cavaron profundamente, perforaron justo en todas mis quejas y ansiedades, mis complejos y mi pena, y me calentaron de adentro hacia afuera. Me derretí en la silla de mi escritorio, me desplomé sobre mi teclado y solo me quedé mirando esos caracteres escritos a mano.

Casi me *levanto* de la silla de nuevo cuando escuché a Josh que hablaba detrás de mí.

"¿Teniendo una buena mañana?", me preguntó, con su voz matutina, muy alegre y ronca. Quise arrastrarme directamente a la cama con él.

Instantáneamente oculté la nota en mi regazo, debajo del escritorio, como si fuera mía solamente. Tal vez quería conservar la emoción dejando las cosas sin decir, sin ser abordadas en el mundo real. Quizás no estaba lista para enfrentar las consecuencias, todavía no estaba dispuesta a considerar hasta dónde podían llegar esos mensajes íntimos.

Solo asentí torciendo mis labios, como si estuviera intentando ocultar un secreto.

"Bien...". Josh me miró de reojo con suspicacia, su cara masculina tan sexy. "¿Qué hay... debajo de tu escritorio?".

¡No quería hablar acerca de las notas! No estaba lista para traerlas a colación y... descubrir qué vendría después.

"Nada", dije, con mi sonrisa más sexy y cargada de significado asomándose en mi cara sin mi autorización.

Josh hizo lo mismo: una sonrisa que enfatizaba la perfecta expresión de sus carnosos labios, sus mejillas enrojecidas con hoyuelos y el indicio de cuán divertido podría ser si yo alguna vez lo conociera mejor.

Ahí iba la temperatura de mi cuerpo nuevamente, aumentando para probar mi doble dosis de antitranspirante. Josh me guiñó un ojo y se marchó. Casi me caigo de la silla.

Mi corazón martilleaba en mi pecho. Mi blusa se sentía apretada. La elegante bufanda de seda en mi cuello parecía estrangularme. El pequeño pedazo de papel en mis manos temblaba.

No sabía si podía soportar tener toda la emoción por la que estaba pasando y que tanto había anhelado. Pero definitivamente quería averiguarlo.

Esa tarde, realmente estaba disfrutando del trabajo. Creo que esa es la palabra indicada. Fue divertido, arrasé con todas las tareas de la lista de pendientes y me sentí fantástica.

En realidad, me sentía *perfecta*. No perfecta, como sin fallas, pero sí como si todo lo que yo era, todo en mi vida, fuera como tenía que ser. Me sentí sin preocupaciones, calmada y feliz.

No sé si me estaba convirtiendo en la persona a la que esas pequeñas notas estaban dirigidas o si finalmente estaba aprendiendo a estar más cómoda conmigo misma.

Estaba enamorada, de nuevo: de los sentimientos garabateados a mano, de cómo la vida me obsequiaba pequeñas sorpresas y de la persona detrás de todo eso.

Cuando vislumbré a Josh por encima de los cubículos, no dudó en sonreír de esa manera que parecía reservada solo para mí. No fue una sonrisa profesional o educada. Llevaba consigo pensamientos que no podía esperar a descubrir.

Y amaba ser la razón por la que un hombre atractivo sonreía de esa manera. Uno de los mejores sentimientos en la tierra.

Tal vez eso fue lo que impulsó mis pasos hacia la sala de descanso casi finalizando la jornada laboral, me hizo tomar la iniciativa, por primera vez, cuando vi a Josh entrar en ella. No pensé al respecto; no lo dudé. Solo me detuve a la mitad de mi trabajo, di un paso tras otro hasta que me encontré sola con él en la pequeña sala.

No dije nada: ninguno de los dos necesitó hacerlo. Fue como si todo ya se hubiera dicho, con cada mirada, cada sonrisa y cada una de sus notas.

Volteó a mirarme cuando escuchó que entré. Podría decir que lo sorprendí; que fue una grata sorpresa, puesto que la más maravillosa sonrisa apareció en su cara.

"¿Vienes por un café?", preguntó.

Sonreí, incluso cuando mi propia confianza empezó a desvanecerse.

"Déjame te lo paso. He visto lo duro que has estado trabajando hoy".

"¿En serio?", pregunté, queriendo saber si mi respuesta fue tan directa como sonó en mi cabeza.

La mirada de Josh se entrecerró un poco mientras intentaba descifrar las palabras que yo no había dicho. Me sorprendí a mí misma mirando fijamente su boca mientras que él miraba hacia otra parte en busca de mi café. Mis ojos siguieron la línea de su fuerte quijada, noté los diminutos bellos dorados en su nuca y llegué hasta sus anchos hombros. Miré hacia otro lado.

"Tu café", dijo, sosteniendo la taza con las dos manos.

La tomé rápidamente, solo que no pude levantar la mirada para encontrarme con la suya nuevamente. Él no soltó la taza de café, incluso cuando nuestros dedos se tocaron.

El momento pareció durar una eternidad. Horas, luego años. Demasiado en tan solo un toque.

Quise agradecerle: por cada nota, por cada palabra, por cómo me sentía. Quería mostrarle cuán agradecida estaba, demostrar que yo era esa mujer que él vio en mí. Pero no podía ni moverme.

Sentí sus dedos separarse de la taza, transfiriendo su peso a los míos. Apenas si podía sostenerla.

"Un placer", dijo.

Me forcé a mirar hacia arriba, a mirar en sus ojos, sus sonrientes ojos. Respiró lentamente, miró mi propia sonrisa y luego se dio la vuelta para irse.

"Josh...". No podía creer que había hablado, no podía creer que dijera su nombre en voz alta, a pesar de que había pasado por mi mente, sin decirlo, incontables veces antes.

No tengo idea de por qué hablé, qué diría luego o qué sentía exactamente en ese momento.

"Estoy casada", dije, las palabras sonaron ásperas, no invitadas, pero eran honestas.

La sonrisa en la cara de Josh no cambió. Sus ojos me miraron de la misma manera. "Ok", dijo antes de deslizarse por la puerta y voltear en la esquina, fuera de mi vista.

El café caliente empezó a quemarme las manos por los lados de la taza. La puse rápidamente en el mostrador y agarré el asa.

No tengo idea de por qué dije lo que dije o por qué en ese momento. No sé nada, excepto que fui sincera conmigo misma y me sentía bien. Por el momento.

El viaje de regreso a casa fue otra historia. Tenía miedo, pero no estaba segura de qué. Estaba orgullosa, confiada, pero no estaba segura de que cualquier cosa que hice, dije o pensé en las últimas semanas fuera lo correcto. Me preguntaba si "lo correcto" verdaderamente existía. ¿Quién lo juzgaba, después de todo? Quizás yo era la única persona verdaderamente capaz de determinar qué era *lo correcto* para mí, pero también estaba completamente segura de que no tenía ni idea de qué era eso.

Me había hundido en un torbellino de emociones, un lío real de terminaciones nerviosas, un tornado estaba a punto de ocurrir. Lo supe cuando puse un pie dentro de mi hogar donde Stephen, inocente, estaba sentado tecleando en su laptop. Lo supe cuando empecé a sacarlo todo sobre él y no tenía deseos de detenerme.

Tenía que descargarme. Tenía que sacarlo todo. Tenía que dejar que la presión se liberara, pero no pude siquiera admitir delante de mi propio esposo el por qué. Le grité al aire alrededor de Stephen, metiéndome con él por cualquier cosa en la que pudiera pensar en ese momento y me odié a mí misma aún más por hacerlo, lo que me hizo *necesitar* desahogarme más.

Y él sencillamente lo aceptó. Mi esposo, sentado ahí en la mesa de la cocina, la víctima de mi propia confusión interna, abriendo su boca como si fuera a decir algo, pero sin hablar. No puedo ni recordar todo lo que le disparé en esa ráfaga de dardos envenenados. Pero me di cuenta de lo adolorido que se veía, cómo cada golpe lo hacía contraerse de dolor. Y recuerdo lo pequeña que me sentí: todo lo contrario de los sentimientos y motivaciones empoderadores de los que me había beneficiado en los últimos días. Supongo que no podía manejar mi propio crecimiento personal.

Creo que finalmente me quedé sin cosas que decir, sin formas de explicar lo que estaba sintiendo sin divulgar nada más. Cuando Stephen por fin habló, su tono era tan suave y cuidadoso, como un niño asustado, pero con más autoridad y convicción.

"Emily... yo... yo te amo", dijo.

Y rompí en llanto. Lloré porque él es mucho más maduro de lo que yo soy. Lloré de vergüenza y pena. Lloré por estar casada con un hombre que ni siquiera se enfrentaba con su abusador. Lloré porque yo era ese abusador: solo una pequeña niña asustada que quedó confundida y frágil, debido a que todos los pensamientos y experiencias de ser una mujer pueden ser demasiado difíciles de soportar a cualquier edad.

Y había dejado pasar mi única oportunidad de compartir mi dolor—mi verdadero dolor—con la única persona que supuestamente era mi mejor amigo y quien yo sabía que haría todo lo posible por ayudarme a encontrar las respuestas.

Stephen me habría dedicado todo el tiempo del mundo, pero yo lo evité toda la tarde y la noche. Elegí enfocarme en todas sus debilidades, inclusive en cada falta que percibí en él: su imperfección, su incapacidad para leer mi mente, su falta de afecto por todo lo que sufrí, por todo lo que mi matrimonio y mi esposo me impidieron experimentar. Sencillamente me escondí, sabiendo que tenía que enfrentar un nuevo día—una jornada laboral—y, a partir de ahí, no había forma de escapar.

Capítulo 7

Un nuevo comienzo, solo la luz nebulosa de la mañana revelándose a sí misma al abrir los ojos tiene un, casi milagroso, efecto calmante. Me desperté al lado de Stephen, quien dormía tan profundamente como siempre y me sentí como si realmente hubiera purgado todos esos pensamientos y preocupaciones venenosas y debilitantes. Me sentí vacía, como si hubiera descargado todo y solo hubiera quedado muy poco, como si estuviera lista para enfrentar el nuevo día y, cuidadosamente, reconstruirme a mí misma, de regreso a algún estado del ser con el que me sintiera lo suficientemente feliz.

Una buena llorada funciona de maravilla. Lo único que lamento es el no tener la fuerza reconfortante del hombro de Stephen para seguir llorando. ¿Cómo podría reconstruir su idea de mí después de otro ridículo ataque de mi propia autocompasión?

No tenía tiempo para preocuparme de eso; ya se me hacía tarde para ir a trabajar. Stephen se daba el lujo de tener un horario flexible—otra cosa que envidiaba de él—y durmió durante todo el tiempo que estuve apurada dando vueltas por la habitación arreglándome. Pensé en darle un beso en la mejilla antes de marcharme, pero tenía demasiado miedo de despertarlo y verme obligada a enfrentar las repercusiones de lo sucedido la noche anterior. Salí corriendo por la puerta y me metí en el auto, logrando, de alguna manera, no olvidar nada.

Cuando llegué a la oficina, me sentí más calmada, incluso meditativa. Me senté en mi escritorio, di un profundo respiro y me sentí lista para aceptar lo que fuera que el día me trajera hoy. Después de todo, yo *era* la misma mujer que tenía toda esa confianza y que había actuado asertivamente el día anterior.

Le eché un vistazo al pequeño papel amarillo que aún se encontraba pegado en la pared del cubículo encima del monitor de mi computador. Le sonreí, sonriéndome a mí misma.

Finalmente, me di cuenta de que mi confusión y necesidad de arremeter con todo se redujo a un pequeño problema: los sentimientos de *pérdida*. Como si yo me *perdiera*, como si me faltara algo. O alguien.

Alguien con quien nunca debí haber empezado, alguien que me atreví a imaginar que sería *lindo* tener. O, alguien que tuve todo el tiempo, pero a quien pasé tanto tiempo deseando que fuera otra persona, por quien había estado llorando la pérdida de *esa* fantasía por *años*.

No podía perder a alguien o algo que no tenía. Pero, incluso después de esa sorprendente sabiduría repentina, no estaba preparada para lo que iba a suceder.

Estaba tan ensimismada lamentándome en lo que creía que había perdido—incluso dejando que se procesara en mi mente mientras regresaba de la sala de descanso con una taza de café caliente en mis manos—que nunca pensé que podría encontrar una nueva nota: otra, incluso con un mensaje más íntimo, que tuvo la capacidad de abrir el mundo de la posibilidad una vez más.

El pedazo de papel lavanda descansaba en mi bolso, doblado a la mitad y encajado entre mi cartuchera de maquillaje y mi cepillo para el cabello. Es más, pensé en no abrirlo, en no permitirme leer las palabras. No tenía motivos para pensar eso, pero me atreví a preguntarme si *este* post-it no sería el portador de malas noticias, en lugar de buenas.

No lo fue.

NO ME IMPORTA.
ESTOY LOCO
POR TI.

Estudié esas palabras hasta que me convencí completamente de que sabía exactamente lo que querían decir, hasta que no hubo sino una sola cosa que *podían* significar. Y cuando dejé el mensaje que estaba en mi mano para mirar por encima de los cubículos que se extendían a mi alrededor y vi a Josh ahí parado, enfocado en mí de esa manera, sin estar distraído por el enjambre de compañeros que zumbaban a su alrededor, confirmé su significado.

Como si mi corazón no hubiera estado latiendo lo suficientemente rápido. Por primera vez, deseé comprometerme a hacer más cardio. Podría morir así: pulverizada por mi propio ritmo cardíaco, destruida por la invitación escrita a mano a disfrutar de la pasión pura.

Sonreí bajo la intensa mirada de esos ojos azules y ellos no dudaron en devolverme la sonrisa. En ese momento sentí como si fuera el comienzo de algo, un acuerdo sellado con sonrisas compartidas.

Sin perder nuestra conexión, rápidamente levanté mi

mano, mostrándole el post-it antes de esconderlo de nuevo en mi escritorio, fuera de la vista de los curiosos. Josh levantó sus cejas y sonrió más profundamente antes que el hombre que estaba a su izquierda exigiera su atención inmediata. Mi admirador miró hacia otro lado a regañadientes, pretendiendo que su corazón estaba en el mercadeo en lugar de *conmigo.*

Lo miré en su trabajo por unos minutos mientras su atención estaba siendo robada por nuestro compañero, admirando todo de él, desde su postura hasta la forma en que anudaba su corbata. Su cabello estaba un poco más despeinado de lo normal, haciendo aún más atractivo al pícaro adornado con tela de rayas finas. Sus hoyuelos brillaron por un momento mientras se reía por la broma que el otro hombre le estaba haciendo, poniéndome un poco celosa de que no estuvieran reservadas solo para mí. Pero no deberían. Nadie debería estar privado de la vista de esa hermosa sonrisa.

Me pregunté si él estaría pensando en mí, incluso entonces, mientras se involucraba en una conversación profesional. Me pregunté si alguna vez él *diría* las palabras que escribió para mí, cómo me sentiría si las dijera. Me pregunté si él realmente era más tímido de lo que eran sus atrevidos mensajes y comentarios coquetos revelados. O, si era el pretendiente más habilidoso del mundo, saboreando secretamente cada inteligente paso en su gran plan para seducir el objeto de sus afectos: la única mujer que llamó su atención.

Sonreí de nuevo, a nadie, a todo. Y esperé a descubrir qué vendría entonces para mí. Para *nosotros.*

La jornada laboral me forzó a esperar por mucho tiempo. Las horas de la mañana pasaron tan lentamente que apenas me permitieron echar una mirada a Josh cuando pasaba por el final del pasillo con rumbo al departamento de mercadeo. Intenté distraerme con todo el trabajo que se supone que debía hacer, pero seguí releyendo esas palabras escritas a mano preservadas en papel normal, cada una tan perfectamente profunda.

Fue una agonía. No, éxtasis.

No estaba siquiera segura de qué estaba *esperando*. No podía creer que tenía mariposas revoloteando en mi estómago. ¿Acaso no era eso lo que había estado deseando?

Ni siquiera tuve la oportunidad de contestar mi propia serie de preguntas llenas de ansiedad. Justo cuando me encontraba contando los minutos para poder escaparme de la oficina y terminar la tortura de mi día por estar cerca de Josh, que nunca había concedido algo más que una nota pasajera o una conversación rápida y coqueta, le vi.

Josh caminaba por el corredor desde el departamento de mercadeo y hacia el gabinete de suministros: la perfecta y privada oportunidad para terminar con la angustia de las palabras secretas nunca dichas y los pensamientos sugestivos revelados solo por escrito.

No tenía un plan. La pasión no se podía planear. Yo solo quería mirar dentro de esos ojos suyos—esos deslumbrantes y brillantes ojos azules—y ver revelados en ellos esos mismos pensamientos e intimidades. Quería *sentirlos*. Cara a cara.

A diferencia de la sala de descanso, no había ventanas en el gabinete de suministros. Nadie en el edificio se daría cuenta de que los dos nos encontrábamos allí, a menos que un compañero de trabajo entrara de inmediato. Incluso entonces, no parecería ni remotamente sospechoso si nos encontraran a los dos allí. Finalmente podríamos intercambiar palabras, palabras honestas sin todas esas insinuaciones, secretos y espera.

No sé por qué caminé tan silenciosamente en esa dirección. No tenía nada que esconder ni expectativas. Me deslicé sobre la alfombra y por el corredor sintiéndome muy segura de mí misma, tan segura de todo lo que sentía, tan enamorada de la vida en ese momento.

Me encantaban las sorpresas; ahora vivía para ellas. Me encantó cómo me hicieron sentir. Me encantó descubrir que existían hombres en el mundo que podían abrirse de esa forma, compartir sus pensamientos, ser tan dulces y tiernos. Me encantó saber que el romance no estaba muerto. No para mí. Y no debería volver a estarlo.

Cuando llegué al final del pasillo, justo a unos pasos de la puerta cerrada del gabinete de suministros, bajé la velocidad. Me di cuenta de que Josh ya podría haberse ido, pudo solo haber tomado una caja de lapiceros o grapas y regresar a su escritorio.

Di un paso al frente, deslicé mi mano en la manija de la puerta y la abrí.

Mi sonrisa fue instantánea, llena de emoción y anticipación. Empecé a decir su nombre, su sonido tan musical en mi mente. Josh se volteó para verme y el tiempo pareció pausarse. Mis ojos absorbieron cada detalle en su intensa y estimulante presencia: los mechones de su cabello color arena sobre sus orejas, enmarcando sus ojos, el traje afilado y su postura altiva, la curva de sus labios.

Sus fuertes brazos alrededor de la cintura de otra mujer.

"Yo...", salió de mi boca mientras miraba fijamente. Al parecer no podía quitar los ojos encima de él. Ni de *ella*.

Era hermosa, rubia, sonriendo incluso mientras yo estaba ahí parada *mirándola* directamente y con nerviosismo, como si fuera ella quien no perteneciera allí. Era yo quien no pertenecía ahí.

"¿Emily?", dijo Josh inocentemente.

Odié el sonido de mi nombre, escucharlo en esa situación, ser identificada por mi error enfrente de otra mujer.

"Yo...", tenía que hacer *algo.* "Lo... lo siento", dije y finalmente logré soltar mi puño de la manija de la puerta.

Recostada sobre la puerta cerrada, sola en el pasillo, ni podía respirar. No era pánico lo que me había robado la habilidad de respirar. Era la decepción. Y, era más profunda de lo que había sentido en los días o meses que había gastado lamentándome de mi vida—y el amor—que no tenía.

Al borde del llanto, me aparté, me obligué a volver a mi escritorio e inmediatamente reuní todas mis cosas, incluso la pequeña nota amarilla clavada encima de mi computador. La metí en mi bolso con las otras cosas y lo cerré, guardando todas mis esperanzas, sueños y tontos deseos. Nunca, jamás querría abrirme a ellos nuevamente.

Caminé fuera del edificio y me dirigí directo hacia el auto. De alguna forma, logré llegar a casa en una sola pieza. El tiempo sencillamente desapareció, enterrado en algún lugar profundo en mi subconsciente junto con cada consideración por Josh.

Mis mejillas estaban secas. Nunca derramé una lágrima, hasta que vi a Stephen.

Cuando atravesé la puerta principal en un silencio abrumador, mi esposo estaba adentro colocando su maletín sobre la mesa.

"¡Mi hermosa esposa!", dijo, sus ojos brillaban intensamente.

Caí en sus brazos, dejando mi bolso caer al piso, y todo lo que nunca le dije y deseé poder derramar con mis lágrimas.

"Emily... Emily...", dijo suavemente, susurrando en mi oído a través de mis mechones de cabello, mientras lo acariciaba a lo largo de mi espalda.

Mis lágrimas se transformaron en fuertes sollozos y Stephen me llevó cariñosamente al sofá que estaba cerca para sentarme y abrazarme. No preguntó que estaba pasando; no me presionó a confesar mi vergüenza. No preguntó nada de mí. Solo me prestó su completa atención, me brindó toda la fuerza que podía necesitar.

Estar en sus brazos se sentía como estar en casa. Me sentía segura e incluso amada.

No era el tipo de amor que anhelaba, pero quizás eso era solo para los cuentos de hadas y las películas, y mujeres perfectas con vidas perfectas... y ¿por qué, en primer lugar, por qué tenían que existir todas esas historias, burlándose e insultándome por todo lo que sentía que merecía, pero que nunca tendría?

Fue entonces tan horriblemente obvio. Tú, simplemente, no puedes tener la pasión, el romance y al mejor amigo también. Ciertamente yo no podía.

"Emily...", intentó nuevamente Stephen, tan calmado pero preocupado. "¿Qué necesitas? ¿Cómo puedo hacerte sentir mejor?".

No tenía una respuesta. No sabía cómo hacer que el dolor desapareciera.

"Tú sabes que te amo, ¿cierto?", dijo. "¿Qué puedo hacer por ti?".

Me aferré a su pecho, entregada a empapar su traje con mis lágrimas.

"Debes dejarme entrar", dijo. "Quiero hacerte sentir mejor. Es mi deber".

Lloré aún más fuerte, preguntándome cómo podría tener lágrimas aún. Sabía que mi silencio era difícil para él; solo que no podía decir una sola palabra.

"¿Deseas escribirlo en una nota?", preguntó Stephen.

Levanté mi cabeza de su hombro.

"¿Un post-it?", preguntó.

Lo miré fijamente, estudiando la cara de mi esposo y maldije al mundo por todas sus coincidencias.

La cara de Stephen no tenía expresión alguna, él solo estaba esperando una respuesta. "¿Es más fácil?".

Me sonrió y luego me atrajo hacia sí otra vez para darme un abrazo fuerte. "Tú no has dicho nada acerca de mis pequeña notas", susurró, incapaz de ocultar su tristeza aunque intentó, con todas sus fuerzas, sonar alegre. "Pero está bien. Sólo espero que te hayan hecho feliz".

Mi labio empezó a temblar, mis ojos se inundaron de un potencial torrente de lágrimas. "Tú..." me las arreglé para hablar con la voz más triste.

"¿Las encontraste, no es así? ¿En tu bolso? Yo solo... Yo solo quería que supieras lo que estaba pensando... lo que significas para mí".

Me levanté de nuevo, todavía envuelta en los brazos de Stephen. Parpadeé entre lágrimas para mirar a mi esposo más claramente, para ver lo que no había visto antes.

"Estoy loco por ti", dijo con una gran sonrisa. "No puedo evitarlo. Tú... haces que cada día sea emocionante. Sin importar lo que esté pasando o el motivo por el que discutamos. Ahora...". Sus ojos pasaron por mis mejillas mojadas y me acarició el cabello detrás de mi espalda. "Debes decirme qué está pasando. Para que yo pueda solucionarlo por ti".

Las lágrimas volvieron a derramarse y escondí mi cara en el cuello de mi esposo tan rápido como fue posible. Lo apreté tan fuerte y traté de recuperar mi aliento, lo suficiente como para decir con toda honestidad: "Nada. No es nada. Todo es simplemente... perfecto".

TAMBIÉN DE JUSTINE AVERY

Novelas

The One Apart

Novelas Breves

The End

Historias Cortas

Out There

It Gets Easier

The Darkness

Earth Inherited

Point Blank

Almighty

Last Shot

Para Todas las Edades

¡Todos hacemos popó!

I Dreamed You

This Book Is Alive!

Think Outside the Box

What Wonders Await Outdoors

What Wonders Do You See... When You Dream?

Visita www.JustineAvery.com para una lista completa de sus títulos disponibles actualmente y de aquellos por venir.

ACERCA DEL AUTOR

Justine Avery es una autora ganadora de varios premios, que ha escrito historias largas y cortas *para todos.* Nacida en el medio oeste de los Estados Unidos y criada en todo el mundo, es una exploradora por naturaleza, fascinada por todo lo que la rodea, y observa emocionada las historias que abundan a su alrededor. Como una ávida lectora de todos los géneros, teje sus propias historias entre todas ellas. Tiene una predilección por escribir ficción especulativa e historias con giros y sorpresas que incluso ella no puede predecir.

Avery ha vivido en o explorado los 50 estados de la unión, más de 36 países y todos menos un continente; perdió la cuenta después de mudarse más de 30 veces antes de cumplir los 20 años. Ha saltado *intencionalmente* de aviones y del bungee más alto de Nueva Zelanda; ha hecho buceo, *involuntariamente,* con tiburones; ha diseñado sitios web, intranets y manuales técnicos; ha intercambiado con indígenas panameños; ha soldado marcos de automóviles;

ha estudiado en el Dojo Bujinkan Hombu en Noda, Japón; y ha organizado prósperos negocios en internet, por nombrar algunas de sus aventuras. Obtuvo un Título de Grado en Artes que nunca ha necesitado en su vida, y a la edad de 28 años vendió todo lo que tenía y renunció a la vida corporativa—y a su último "empleo"—para trabajar como freelancer y viajar por el mundo, como lo había soñado. Y nunca se ha arrepentido.

Además de su inglés nativo, Avery habla un poco de japonés y algo más de español. Su acento es una mezcla en constante evolución del estadounidense del medio oeste con notas de la belleza sureña, y un vocabulario británico indiscriminado y rítmico, y dice "eh" como los neozelandeses, no como los canadienses. Actualmente vive con su esposo, el director de películas británico Devon Avery, y con sus hijos cerca de Londres. Ella escribe sobre cualquier cosa que le llame la atención.

Avery adora conectarse con otros lectores y con creativos, exploradores y pensadores, y cordialmente te invita a decir "hola", o *konnichiwa.*

www.JustineAvery.com
twitter.com/Justine_Avery
goodreads.com/JustineAvery
bookbub.com/authors/Justine-Avery

www.ingramcontent.com/pod-product-compliance
Lightning Source LLC
Chambersburg PA
CBHW071530120726
47907CB00013B/1470

* 9 7 8 1 6 3 8 8 2 0 0 0 0 *